許そう。

葉 祥明

日本標準

許す。

自分を傷つけた相手を許す。
自分を苦しめた相手を許す。

そんなことはとてもできない？

そもそも、なぜ、
許さなくてはいけないのか？

許せないのはなぜだろう。

許すって、
どういうことなのか？

まず怒りがあった。
怒りが憎しみや恨みになった。

相手を許せないのは
自分の中に怒りがあるから。
相手を許せないのは
自分の悲しみと苦しみが
消え去らないから。

相手に対する怒りや憎しみは
簡単には消えない。
それが生きる原動力に
なっていることもある。

誇りと自尊心が傷ついた。
だから、相手を許さない。
許したら、
自分があまりにかわいそう。

自分の存在が相手によって
否定された時、
誇りや自尊心を
傷つけられたと感じた時、
相手を許せないと思う。

自分の大切なものが奪われたのに、
許すと損をしたような気がする。
それが悔しい。

しかし、立ち止まって考えてみよう。

許せない思いのままでは
自分自身の生きる力を
十分に発揮できなくなる。
生きる方向が
歪んでしまうこともある。

許せないのは
自分の小ささや弱さかもしれない。
許さないことで、何とか自分を
保とうとしているのかもしれない。

許さないのは正義のためだ！
しかし正義を振りかざす時、
人は注意しなくてはいけない。
正義に名を借りた
個人的な怒りかもしれないから。

許すには、勇気がいる。
許す勇気が自分にあるか。

自分を苦しめる相手を、
理解し、憐れみと慈悲心を
抱くことができるか。

一方、
自分の過ちを
相手から許してもらえない
苦しみがある。
許せない思いの者の心を
理解するは難しい。

怒りでいっぱいの人は、
いい気味だ、もっと苦しめ、
自分だって苦しんでいる、
自分と同じくらい
苦しめ、苦しめ、と恨み続ける。

そうなると、
誰が誰を苦しめているのか
わからなくなる。
そういうことが、
世の中には多々ある。

そんな苦しみの連鎖から
解き放たれる唯一の方法は
許しだ。

許しがあれば
一気に和解が生じ、
一度に双方が救われる。
許しの偉大な力は
ここにある。

ほほ笑みが、
喜びが帰ってくる。
許しは愛だ。

許すのは何のため？
許すのは何の役に立つ？

いつでも
相手を許せないのは
なぜだろう?
それはもう、相手ではなく
自分自身の心の問題だ。

どんな人にもプライドはある。
人から馬鹿にされたり無視されたり、
見下されたり軽んじられたりすると
嫌な気がする。

そんな時、
怒りが込み上げる。
不公平だ、許せない。
きちんと対応してほしい。
誠実に接してほしい、と。

誰にでも過ちはある。
自分が常に正しいわけではない。
絶対に、自分に非はないと
言えるかどうか。

相手を許す。
自分を許す。
許すには心のゆとりが必要。

あなたが許そうと許すまいと
相手も物事も世の中も、
変わらないかもしれない。

しかし、少なくとも
あなた自身は変わる。
そして、
あなた自身から
すべての変化が始まる。

許しと謝罪は
物事のリセットの役に立つ。
人間関係や物事との
新しい始まりとすることができる。

自分を苦しめた相手を許しても、
あなたが失うものは何もない。
むしろ、許すことで
怒りや憎しみによって失っていた時間を、
安らかな人生を、
取り戻すことができる。
許しは怒りを克服する
重要なプロセスだ。

もっとリラックスしよう。
心にゆとりがあれば、
大抵のことは許せる。
どんな相手も受け容れられる。

許すために必要なのは
相手への理解、出来事への理解。
なぜそうしたのか？
なぜそうなったのか？

相手がミスして問題が起こっても、
非難するより
冷静に受け止め対処する。
その方が、
問題は早く解決する。

自分を苦しめた相手を許す時、
救われるのは、
まず自分。
そしてもちろん相手も。

許すことができれば、
自分が相手より
大きな存在になっているということ。

許すと相手はあなたに感謝する。
許されるとほっとする。
救われた気がする。
あなたも重い心が軽くなる。
心がすっきりする。

許しと感謝は同意語です。
許しと喜びは同意語です。
許しなさい。
そうすれば
あなたは感謝され、
喜ばれる。

許しは苦しみや怒りを手放すこと。
許しは囚《とら》われからの解放。

許すことで、
人は自由を得る。
長く深いこだわりから自由になる。
人生が突然明るくなり、
世界が広がる。

許そう。
あなたに苦しみや悲しみを
もたらした相手であっても
許そう。

失敗した
自分を許そう。
自分をあまり責めないで、
どんな自分をも受け容れよう。

許そう。
自分を苦しめた相手も、この世の誰も、
あなたの敵ではない。
すべての人が、
この時を生きる
いのちの仲間なのだから。

自分に怒る相手を許す。
怒りに対して怒りで応えない。
その方が心が安らぐ。

家族や伴侶に対して
怒りを感じるなら、
それは愛ではない。
愛には
怒りも憎しみも恨みもない。

許すことで、
人は強くなれる。
許すことで、
人は一回り大きくなれる。

許しとは愛のこと。
自分を苦しめる相手を許す時、
人は愛の本質に触れる。

被害者には怒る権利がある。
報復・反撃する資格がある。

しかし、
そうしない権利もある。

被害者意識を超えて、
より高い意識で
相手を、出来事を見る。

加害者を許す。
いさかいの相手を許す。
許すことで、
むしろ自分が救われる。
怒りと恨みの地獄から。

強者のように見える相手でも、
より高い次元から見れば
むしろ、弱く、
未熟な人間だということがわかる。

許すことで
人は自由を得る。
許すことで
人は解放される。

過ちを犯した相手でも、
悪意がない限り
怒り続け恨み続けるのは
もう止そう。

恐らく相手も苦しんでいる。
もしかして
被害を受けたこちらと同じくらいに。

許す立場ならぜひ許そう。
相手は無防備、無抵抗なのだから。

苦悩する相手を許すことで
苦しみから救ってあげよう。

許せない思いでいっぱいな時、
人は人のことなど考えられない。
しかし相手も一個の人間。
血も涙もあるはず。
そこのところが重要だ。
こちらだって血も涙もある人間だ。

だから、許そう。
それこそが人間というもの。

人を許さないのは
相手の存在を否定することだ。
相手にも家族がいて人生がある。
悔しくとも憎らしくとも
相手と自分の二つもの人生を
台無しにするには忍びない。

互いの人生を
実りあるものにするためにも許そう。
非道と思える相手さえ許す。
許せない自分自身をも許そう。

人を傷つけたことに気づいたら、
素直に謝ろう。
そしてどうしたら
それをつぐなうことができるか考えよう。

犯した過ちを
完全につぐなうことはできないかもしれないが、
心をこめてそうすることは大切なことだ。
その時、「つぐない」は
自分にとっても相手にとっても
「喜び」となる。

私たちは多かれ少なかれ
意識的にも無意識にも
誰かや世の中に対して
何らかの迷惑をかけている。
それなのに、
自分が被った被害ばかりを思いがちだ。

申し訳ない。
ごめんなさい。
すみませんね、ご面倒かけて。
そんな気持ちを忘れまい。

もしあなたに
辛く当たる人と顔を合わせざるを得ないなら、
時々、その人の元を離れて
自分を取り戻す時を持ちなさい。

もしあなたが
辛い仕事をせざるを得ない時は、
時々、その仕事を離れ、
ほっとする時間を過ごしなさい。

もしあなたが
辛い人生を歩んでいるなら、
時々はどこか遠くに出かけて、
ひと時でもその人生から
自分を解放してあげなさい。

そうすれば、
この人生を生き抜く力が
再び湧いてきます。
人を恨み、仕事を嫌い、
人生に絶望してしまわなくて済みます。

時はその歩みを止めない。
物事は先へ先へと進む。
すべては変化する。
しかし、
傷ついた心は
過去のその・・・その時に留まったまま。

こだわりを捨てれば、
自分も時とともに
流れてゆくことができる。
心の痛みも少しずつ
癒されていくだろう。

「自分」がある限り苦しみは絶えない。
「自分」というものへの
愛着、こだわり、強すぎる自尊心や
誇りが人を苦しめる。

「自分」をなくせば、
大空を舞う鳥のように
自由に生きられる。

朝、目覚めた時、
身体のどこにも異常がなかったら、
感謝しよう。

今日一日は不平不満も文句も言わず、
出会う人すべてに親切にしよう。
何が起こっても怒らず、
ほほ笑んで過ごそう。

怒り、悲嘆、恐れ、心痛、
不平不満、自己憐憫ではなく、
理解、共感、信頼、感謝、
優しさや思いやりこそが
人を成長させてくれる。

最も苦しんだあなたこそが
相手を許せる。
最も苦しんだあなた以外に
相手を許せる者はいない。

恨みや憎しみは
過去の出来事に現在を奪われることだ。
それは、大切な人生の時を
二度失うことになる。

他人の仕打ちで苦しんだけれど、
だからといって
いくら相手を恨んでも、
自分の苦しみは消えるものじゃない。

相手を許すことで
自分の中にぼおっと明かりがともる。
そして、相手に対して
憐れみの心が生まれる。

それが人類の究極の悲願、
愛と許しの奇跡だ。

幸せになりたかったら、
心安らかに生きていきたかったら
許しなさい。
自分を傷つけた相手、自分を苦しめた出来事を
いつまでも敵視しないで、
大きく手を広げて抱きしめなさい。

そうすれば、
世界はあなたに
ほほ笑みを返してくれるでしょう。

あなたが怒りと憎しみを超えて
相手を許す時、
新しい世界があなたの前に
現れる。

すべてを許すことができれば、
あなたはもう、
小さく弱い存在ではなくなる。
自信を持って
自分の人生を生きていこう。

プライドって、
まるで幼い子どものようだ。
そんなつたないプライドなんて、
ないほうがいい。

今もなお、
許せないことがある。
許せない相手がいる。
しかし、
そのいずれもが過ぎたこと！
過去が今の自分の一部を
奪い続けているってことに気づこう。

もし許すことができたら、
あなたはその問題から解放される。
許さなければ、
あなたはその問題に
囚われたままだ。

どちらが好ましいか、
わかるでしょう。

許しは相手のためではなく、
自分自身のためです。
相手を許すことによって、
自分自身が恨みから
解放されるのです。

許すも許さないも
自分の心と考え方次第。
許してほっとするか、
許さないで怒り続けるか、
どちらを選ぶかは自分次第。

許すことの素晴らしさを感じてほしい。
許すと、
心と体から力《りき》みが消える。
ほっとする。
許せない気持ちが
自分をがちがちにしていたから。

相手を責めない、裁かない。
そうでなければ
正しい人間関係は築けない。

人は、自分が正しく、
相手が間違っていると考えがち。

しかし、
はたしてそうか。
自分に落ち度や間違いや思い違いはないかと、
常に自分を振り返ることが必要だ。

相手がこちらに怒りを向けた時は
どうしたらいいだろう。
それは、相手を許すということより困難だ。
人の気持ちは、こちらにはどうしようもない。
本当に、どうしようもない。

それに比べれば、
相手を許すことの方が
はるかに容易だ。

相手を許さないのは、
また別の暴力だ。
苦しむのは自分だけで十分。
もう、誰も苦しんでほしくないと
思わないか？

許そう。許そう。許してしまおう。
相手をとことん追いつめて、苦しめて、
人生を破滅させるのは
罪深いことだ。

相手がしたことは許せなくても、
その人を憎んではいけません。
人は、弱く哀しい存在です。

多くの人が、
気高さと邪悪との間で迷っているのです。
人は無知によって相手を傷つけることもあり、
思い込みや誤解によって傷つけたりもします。

許すことができる人になりなさい。
許せば、その何倍もの喜びが
返ってきます。

嫌なことは忘れる。
前を向いて歩いていくための
悪くない智恵です。

嫌なことを
言われたりされたりしても、
引きずらない。
しかし、
相手に嫌なことを言ってしまったら、
すぐに謝る。

人は皆、
いずれこの世を去るのだから、
怒りや憎しみ、
恨みや悲嘆は捨て去って、
すっきりした気持ちで
・・・
あちらへ赴こうではないか。

すべてを許せば、
晴れ晴れとした気持ちで
生きていける。
何のこだわりも未練もない、
自由な心で。

人が人を許す時、
その心に神が宿る。
だから、許そう。

どんなことであれ、
許しておしまいにしよう。
人生は短い。
立ち止まってはいられない。
前を向いて歩き続けよう。
今日を新しい人生の一日の始まりとしよう！

あとがき

私たちの人生は

数々の失敗と間違い、

迷惑だらけで成り立っているようなもの。

しまった！うっかり。

忙しすぎて。先を急いで。

あせってやってしまった、と。

振り返れば、恥じ入るばかり。

そんな私たちでも

生きていて宜しい！と

寛大にも許してくれている世の中に、

心から感謝しないわけにはいかない。

葉 祥明　よう・しょうめい

詩人・画家・絵本作家。1946年熊本生まれ。
「生命」「平和」など、人間の心を含めた地球上のさまざまな問題をテーマに創作活動を続けている。1990年『風とひょう』で、ボローニャ国際児童図書展グラフィック賞受賞。主な作品に、『地雷ではなく花をください』シリーズ（自由国民社）、『おなかの赤ちゃんとお話ししようよ』（サンマーク出版）、『17歳に贈る人生哲学』（PHP研究所）、『ことばの花束』シリーズ、『無理しない』『気にしない』『急がない』『比べない』『いのちあきらめない』『しあわせの法則』『怒らない』『こだわらない』（日本標準）ほか多数。

ホームページ http://www.yohshomei.com/
北鎌倉・葉祥明美術館 Tel:0467-24-4860
葉祥明阿蘇高原絵本美術館（熊本）Tel:0967-67-2719

許そう。

2018年11月1日　初版第1刷発行

著　者：葉 祥明
装　幀：水崎真奈美
発行者：伊藤 潔
発行所：株式会社 日本標準
〒167-0052　東京都杉並区南荻窪3-31-18
Tel 03-3334-2640〈編集〉　03-3334-2620〈営業〉
http://www.nipponhyojun.co.jp/
印刷・製本：株式会社リーブルテック

ISBN978-4-8208-0647-9 C0095
Printed in Japan

無理しない
ISBN978-4-8208-0372-0〔2008〕四六変型 /100 頁 / 本体 1200 円

気にしない
ISBN978-4-8208-0415-4〔2009〕四六変型 /100 頁 / 本体 1200 円

急がない
ISBN978-4-8208-0438-3〔2010〕四六変型 /104 頁 / 本体 1200 円

比べない
ISBN978-4-8208-0462-8〔2010〕四六変型 /104 頁 / 本体 1200 円

いのち あきらめない
ISBN978-4-8208-0471-0〔2010〕四六変型 /104 頁 / 本体 1200 円

怒らない　幸せな人生のために
ISBN978-4-8208-0589-2〔2015〕四六 /120 頁 / 本体 1300 円

こだわらない
ISBN978-4-8208-0626-4〔2017〕四六 /112 頁 / 本体 1300 円

三行の智恵 --- 生き方について
ISBN978-4-8208-0425-3〔2009〕A6 変型 /104 頁 / 本体 1000 円

三行の智恵 --- 人との関わり方
ISBN978-4-8208-0426-0〔2010〕A6 変型 /104 頁 / 本体 1000 円

三行の智恵 --- 心の平和のために
ISBN978-4-8208-0463-5〔2010〕A6 変型 /104 頁 / 本体 1000 円

三行の智恵 --- 人として生きる
ISBN978-4-8208-0467-3〔2010〕A6 変型 /104 頁 / 本体 1000 円

【日本標準・葉 祥明の本】

ことばの花束
ISBN978-4-8208-0063-7〔2003〕B6 変型 /32 頁 / 本体 1000 円

ことばの花束Ⅱ
ISBN978-4-8208-0064-4〔2003〕B6 変型 /32 頁 / 本体 1000 円

ことばの花束Ⅲ
ISBN978-4-8208-0065-1〔2003〕B6 変型 /32 頁 / 本体 1000 円

しあわせことばのレシピ
ISBN978-4-8208-0259-4〔2005〕A5 変型 /56 頁 / 本体 1400 円

しあわせ家族の魔法の言葉
ISBN978-4-8208-0301-0〔2007〕A5 /56 頁 / 本体 1400 円

奇跡を起こすふれあい言葉
ISBN978-4-8208-0314-0〔2008〕A5 変型 /56 頁 / 本体 1400 円

しあわせの法則
ISBN978-4-8208-0531-1〔2011〕四六変型 /128 頁 / 本体 1500 円

幸せに生きる 100 の智恵
ISBN978-4-8208-0578-6〔2014〕四六 /216 頁 / 本体 1500 円

幸せは日々の中に
ISBN978-4-8208-0606-6〔2016〕四六 /216 頁 / 本体 1500 円